간격의 미

간격의 미

초판 1쇄 발행 2017년 6월 23일
초판 8쇄 발행 2024년 10월 15일

지은이 백가희
책임편집 조혜정
디자인 그별
펴낸이 남기성

펴낸곳 도서출판 쿵(프로젝트A)
인쇄,제작 데이터링크
출판사등록 신고번호 제 2016—000310호
주소 경기도 고양시 덕양구 꽃마을로 34, 1006호,1007호(향동동, DMC스타팰리스)
대표전화 (070) 7555—9653
이메일 sung0278@naver.com

ISBN 979-11-88345-04-5 03810

간격의 미

백가희 지음

쿵

프롤로그

가끔은 너무 가까이에 있어서 상처를 주기도 했고, 내가 생각하는 거리보다 더 멀리 있는 타인 탓에 상처를 받기도 했다. 적당한 간격을 찾아 전보다 안정된 관계를 원했고, 불안한 순간엔 노심초사하며 이 관계를 계속 이어가도 될까 고민하기도 했다.

'적당한 간격'은 관계에 있어서 꽤 큰 난제였다. 한 2년 전쯤엔 "너는 내게 있어서 참 보고 싶었던 사람이야."라는 말을 입버릇처럼 할 때가 있었다. 진심이 아니었던 적은 한 번도 없지만, '누군가도 내게 이 말을 해주면 좋겠다'는 진심을 담아 슬쩍 건네본 말이기도 했다. 일종의 고백이기도 했으며, 일련의 노력이었다. 우리의 간격을 좁히는 말처럼 느껴졌다. 한 번도 들은 적이라곤 없다가 우연히 누군가를 다시 만나 이 말을 들었다. 다시 볼 거라고 기대조차 하지 않았던 사람에게서. 왕래가 없던 공백기를 지나 시간을 타박타박 걸어서 보고 싶었던 사람이라니. 누군가의 머릿속에서 오래 부유하며 가슴에 작게나마 이름 도장 하나 찍힌다는 게 이렇게 눈물나고 벅찬 일인지 이따금 깨닫는다.
'간격의 미'를 유지하는 시작. 잠시 잊었던 말을 이 책을 세상에 내보이게 됨으로써 다시 하고 싶다.

당신은 제게 있어 여태껏 참 보고 싶었던 사람입니다.
책의 마지막 페이지를 덮으면 우리의 간격이 조금이나마 좁혀져 있길, 내가 보는 이 세상과 이 일상들이 당신에게 조금 더 가까워져 있길 소원합니다.

차례

2부 넌 왜 바라만 봐도 벅찰까

3부

그립다고 해서

외롭지 않았음을

1부

청춘의 감정에 충실해야 할 이유

그렇게 봄이어라

나는 네 기억 단칸방 하나 살았으니
만족하며 여생, 평생을 널 추억하며 살겠다

우리 사랑하는 동안 그렇게 행복했으니

너는 계속 그렇게 봄이어라

구름마저 멈추게 한
햇살마저 비추게 한
그 따뜻한 여울지는 미소를 가지고
평생 그렇게 영원한 봄이길 바란다.
나는 너의 날들이 영원토록 따스하길 바란다

청춘은

피어나는 과정이 아름답구나
이루어가는 것들은 사랑스럽구나
아 예뻐라
소리 내어 말하지 않아도 산뜻하구나

꽃보다 아름다운

넌 하나의 작은 꽃병이다
네 안에는 맑고, 깨끗한 것들이 가득 차 있어
세상의 모든 꽃들을 네 안에 담을 수 있으며
그것들을 더 휘황찬란하게 할 수 있다

너는 담겨진 꽃보다 더 투명하고 빛이 나는
모든 것들을 담을 수 있는 그릇을 가진 꽃병 그 자체이니
꽃의 외면적인 아름다움에 기죽지 말라

너는 내게 있어 참으로 어여쁜 존재다

사계

봄은 하얗다
여름은 붉고
가을은 노랗게 물들었으며
겨울은 파랬다

너는 참 다채로웠다

백옥같이 피부가 하얗고
입술 위엔 열기가 묻어 붉었고
때때론 노랗게 통통 튀었으며
서늘한 파란색을 띄기도 했다

그렇다면

너는 나의 사계였을까

너는

나의

풍부했던 지난 일련의 일상이었을까

하늘에게

나는 너를 만나서 내 인생에서 또 다른 경험을 했다고 생각해. 나는 앞으로도 내 작은 경험인 너를 추억하면서, 매일 매일 너를 기점으로 하루들의 목표를 정할 거야. 우리 다시 만나면 네 앞에서 당당하게 웃을 수 있게

있잖아, 내 추억들 속에서, 점점 빛날 내 젊은 날에 잠시 머물고 가줘서, 고마워. 진심이야

하늘이 참 맑다, 거긴 좀 어때?
보고 싶어

무너진 것과 무뎌진 것

발목까지 차올랐던 바닷물이
목 언저리에 찰랑였다

나는 나를 잠식해가는 현실 앞에서
무너진 걸까, 무뎌진 걸까

그렇게 지나가

그렇게 지내자
바람이 이리도 불어
모든 것이 질 때

서로에게 한철이었다 여기며
한때 지나간 바람이라고
이미 져버린 것이라고 여기며

그렇게 지내자

아빠에게

당신은 내가 꿈꾼 나라였다

내가 걷고 싶은 길을 당신은 앞서 걸어주고
나를 향해 뒤돌아 웃어줬으며 손을 건네었다

닿은 온기는 나를 꿈꾸게 했고
눈앞으로 오로라가 펼쳐진 하늘이 지나갔다

당신은 나를 매번 상상하게 했으며
매번 내가 척박하지 못하게 물을 주었다

그 사랑에서 작았던 나는 커졌고
여전히 당신은 내가 꿈꾸는 나라다

나는 당신의 나라에 노을이 진다는 것을

나는, 아직 상상할 수가 없다

그럴 수도 있다

생각의 물결이 밀려올 수 있다
그럴 수도 있다
휩쓸리지만 않았음 좋겠다

밀려온 것들은 빠지기 마련이다

회상

우리 그때로 돌아가자
밤을 새가며 뜨거운 전화기를 붙잡고
잠들기 직전까지 네 생각을 하고
결국 네 꿈을 꾸던

그때 그 시절로 돌아가자

당신이 나를 보고 마냥 웃던 그때로

생각과 그리움의 상관관계

생각과 그리움은 비례한다
생각이 짙어질수록
이유 없는 그리움도 짙어졌다

인기척

인기척에 켜지는 등을 하나 샀다
풍경도 하나 샀고, 신발장도 정리했다

등이 두 번 켜지고, 풍경이 두 번 울리고
신발장엔 신이 두 켤레가 있기를 고대하며

너의 흔적이 나의 공간에
다시 묻기 바라면서 말이다

초콜릿

너는 다크 초콜릿이었다
달콤하다가도 이내 내게 입안 가득 씁쓸함을 줄

잘 아는 사실에도 나는 한입 크게 너를 담았다
언젠가는 후회할 사실도 알았지만
잠시라도 너와 달콤하고 싶었다

다크 초콜릿, 짝사랑과 첫사랑
그들의 쓰린 공통점이었다

기억을 걷다

닳고 닳은 빛바랜 추억의 한 장이었다

쉼 없이 만지고 어르고 기억하며
나를 다시 봐달라고 했지만
웃기만 할 뿐 미동도 없었다

그 추억의 책자를 매일같이 열어보고
그날 그 햇빛을 다시 눈 감고 느껴보고
그제야 잠에 드는 것이었다

그 추억 속에 잠들면
불현듯 꿈결에 찾아왔다

눈물겨운 나의 꿈에서 다시 깨어나고 싶지 않았다

앓에도 사랑으로

사랑이란 그렇더라
이 사람과는 다시 만나지 못함을 알고도
헤어짐만이 끝임을 알고도
하고 싶은 것이 사랑이더라

사계 내내 앓을 열병이 될 것을 알면서도
결국은 모든 것을 끌어안는 게 사랑이더라

기억의 파편들

깨진 기억의 파편들은
추억이란 이름으로 빛나다

이내 유리처럼
나를 찔러왔다

콕콕

유리에 베인 붉은 피가
마치 붉은 실이 되어
다시 너와 나를 엮는 것만 같았다

이 비는 소나기일 테니

별이 멎은 밤, 빗길에 주의하세요
발걸음 하나, 생각 하나
그 어느 하나 젖지 않게 말이에요

흉만 지지 않기를

상처가 하나 생겼다
아프지만 미워할 순 없어서 매일 매만졌는데
말을 듣지 않고 계속 커지기만 했다

나의 마음도 같다
자꾸 매만질수록 마음들이 커진다
너를 향한 내 마음들이 말이다

아프지만 미워할 수 없음도

스치는 것들

바람이 뒤척인다
각각 다른 바람들이 서로를 스친다
바람들 사이에서 나는 열심히 내 몸에 부채질을 했다

바람이 되어 네게 날아가고 싶었다
내가 바람이 된다면 너의 하루에 한 번씩은 스칠 수 있을 것 같았다

바람이 된다면 여름엔 나를 바라지 않을까 생각했다

청춘의 감정에 충실해야 할 이유

파도를 보고 진정하라 말한다
흔들리는 것을 보고 괜찮다 말한다
찢겨진 가슴을 보고 나을 거라 말한다

글쎄,
모르겠다

파도를 보면 숨어도 좋고, 몸 맡겨 파도를 타도 좋다
흔들리는 것을 보면 마음껏 흔들리다 바람처럼 길을 가도 좋고
찢겨진 가슴을 가지고 실컷 울어도 괜찮다

최대한 감정에 솔직해진다는 것은

그때의 그날만 할 수 있는 일이다

울어도 좋다

오늘 이리도 시원히 비가 내리지 않느냐

간격의 미

사람 사이에선 약간의 말이 필요하다
너무 많은 것도 아니고, 그렇다고 없는 것은 아닌 '약간'

잠잠하라, 그렇다 숨죽이진 말아라

서로의 비밀에 서운해하지도 말아라

비밀 이야긴 온전한 비밀일 때 아름답다

이유 있는 간격을 붙이려고도 노력 말아라

조금 벌어져 있을 때
더욱 아름다운 것이 관계이다

안 주려고 해봤지만
더 주게 되는 것

정, 사랑

공통점이 여럿 있다

맺고 끊음이 쉽지 않다는 것

쉽지 않아서 늘 아픔을 수반한다는 것

남겨진 사람이 조금 더 아프다는 것

연애담

풀벌레들이 쉴 새 없이 울었다. 여자에겐 잠들기 힘든 밤이었다. 새벽마다 찾아온 그와 관련된 기억에 응어리졌던 눈물샘이 터졌다. 절규하듯 뱉은 여자의 울음에는 남자가 있었다. 퍼지는 소리와 함께, 번지는 눈물과 함께 그도 함께 퍼져달라고, 번져달라고. 우리는 그만 인연이자고 마음으로 길게 소리쳤다

남자는 잠에 취해 있었다. 잠결에 그녀의 목소리를 들은 듯했다. 매일 밤 그녀의 목소리로 잠들곤 했던 하루들은, 이제 언뜻 들린 여자의 목소리로 저물고 있었다. 핸드폰을 들어 여자의 번호를 눌렀지만 그냥 눈을 감았다

풀벌레들이 그들의 이야기로 소란했다

사람들은 참 이상하지?
사랑하는데, 사랑한다 하지 않아
되풀이된다고 피하기만 하지

사랑은 늘 반복인데, 새사람을 만나면 바뀌는 줄 알아

여전히 사랑은 사랑인데

실화

오늘은 첫사랑의 생일이다
2년 전엔 내가 있었다
달빛을 힘 없어 사랑을 고백하던 우리가 있었고
교복 치마 끝을 움켜쥐며 선물을 건넨 내가 있었다

이제 나는 없는데 당신의 생일을 알아버린 내가 있다

그 생일날 케익 냄새를 잊지 못한 내가 있다

당신이 없는 우리가 있다

향을 따라 별을 쫓았다

너는 앞의 말, 나는 뒤의 말이었다
같은 시선이지만, 같이 설 수는 없는 그런 관계

매일 똑같은 굴레에서 반복되는 만남 중
가장 화려한 은하를 꿈꾸며
나는 너의 잔향만 쫓았다

그리움의 향기가 짙었다
말꼬리에 달린 별을 쫓았다

물감

초여름의 열기에 몸이 사르르 녹았다

나를 적시는 네 손길에
잠시 온몸이 물결에 출렁였지만
나의 어느 한 부분씩 없어짐을 알고 있었지만
그저 묵묵히 그 손길만 받아내고 있었다

이 순간이 아님 또 한동안 못 볼 당신의 얼굴이었기에

이내 검은 문이 나를 삼켰고
나는 넌지시 소리쳤다

언제든지

닳아도 좋아요

내가 묻힐 곳은 당신의 화폭이잖아요

짝사랑

너는 참 무심하다
시궁창에 있는
나를 여기까지 끌어와 놓고
어느새 등을 지어 있다

돌아볼 생각을 하지 않는다

시간이 해결할 수 없는 것들이 있다
참 무심한 것들

아, 이 짝사랑 말이다
너는 참 무심하다

저녁의 발화

고립된 애달픔이
생선 가시처럼 온몸을 찔러왔다

내뱉으면 밤이 될까
어두운 곳에 또 혼자 놓일까

그리움이 공기 중에도 스며들어
숨을 쉬니 따끔거렸다

어스름으로 떠오르는 그대여
나를 어디까지 괴롭힐 텐가

어느 순간 숨 쉬는 법을 잊었다

향수

떠오르는 이를 잡아
머릿속으로 넣어 되새김질 했다

옷깃에서부터 복숭아 향이 난다
정수리부터 복사꽃 마을을 이뤘다
향이 온몸을 관통하고 내려온다

밑으로
저 밑으로
마침내 닿아 못내 그것을 쿵쿵 발로 찬다

영민한 그대는 잊혀갈 때쯤 이렇게 문을 두드린다
나 거기 앉아도 되냐고, 자연스런 초청이다

시간의 틈에 밀려 잠시 덮기는 좋았으나

영영 지울 수 없는 사람아,

너를 들이면 나는 내 심장 위치를 안다

어른 아이
아이 어른

줄다리기를 했다

소녀와 여자 사이
청소년과 어른 사이

어른이 된다는 것
나를 당기는 그 무거운 것과 팽팽한 줄다리기 싸움을 하고
있었다

가지 않으려고 애써도
가야 한다는 것을
지고 말 것을 알면서도
이기려 하면서

성숙의 기점에서 어른이 된다는 것을 조금 미루고 싶었다

연가

사랑해요

이 소절을 외우기 위해 얼마나 숱한 밤을 지새웠는가

사랑스럽고 행복한 일이 가득한 내 젊은 봄에
그대 하나로 행복하다고 말하기 위해

나 얼마나 치열하게 살았는가

너의 기쁨이 되어

네게 폭죽이 되고 싶었다

너의 웃음을 위해서라면
내 한 몸 다 타도 좋았다

내가 멎어도,
너는 여운에 웃기를

일몰의 의미

해가 지평으로 떨어지는 것은
숨을 고르기 위해서다

잠시 제 일을 달에게 미루고 눈 붙였다가
다음 날 일어나 온 세상에 평등이 내린다

그대여,
잠시 떨어진다고
조마조마할 필요 없다

해가 진다고 해서 지는 것이 아니다
남은 삶의 비축분을 만들고 있다

언제나 다시 일어난다
장악한 어둠 사이에 저 하나로 이기고 있다

너도 그러길 빈다

첫사랑

별똥별을 봤다

소원을 빌었다

끝에 네 이름이 생각났다

울고 싶었다

너를 위해

아무것도 주의를 주지 않은 마음에
제 향기만 폴폴 날리고 다녔다
발걸음을 따라다니기 바빴다

허공 사이로
울음소리 흩뿌리고 싶은 날도
베갯잇으로 입 막아야 했다

허한 마음 밭에 빗금이 쳐졌으나
동그랗게 네 마음을 쓰다듬어야 했다

안개가 자욱한 날
모든 것이 괜찮지 않았으나
괜찮다고 해야 했다

밀려오는 감정에 대하여

겨울 칼바람처럼 밀려오는 회의감을 막을 길이 없다
조금 더 잘할걸, 되뇌어봤자 가는 분침을 돌릴 수도 없다
제법 잘살고 있거니 하고 있었는데
증명되지 않은 진실은 사실인 양 파도 소리처럼 시끄럽다
차박이는 소리에 아픈 것은 파도를 만들어낸 바다가 아니라
죄 없는 돌덩이라 늘 관계들은 아프다
삶의 끝에서 돌이켜보면 후회들만 가득할 것 같아 두려움이
앞선다

그 덕분에 우리는
배고프지 않게 살았어요

처음이 될 것입니다

시간을 블럭처럼 다시 쌓을 수 있다면
저는 당신의 첫이 될 것입니다

옛말같이 이루어지지 않아도
사이들을 비집고 끼여 있는 중간 사람보다
당신의 첫이 되어
기억 맨 밑에 자리 잡고 누울 것입니다

당신의 그리움 방 한 켠에 머리 대고 누울 것입니다

청춘이 꽃이 되어

넌 모르지
갖은 새싹의 투혼이 있었기에
지금 네가 꽃이라는 사실을

피지 않았다 단념하기엔
그 투혼이 길었단 사실을

이제는 알아버린

더 이상 그를 사랑할 수 없음을 안다
그 또한 나를 사랑할 수 없음도 안다

이 잔잔한 체념이
후회라는 파도로 나를 덮칠 것도 안다

사랑을 한다는 것은
언제나 파도에 무너질 모래성과 같은 마음이어야 한다는 것은
이제 알아버렸다

사랑하는 내 딸, 아들

가끔 미숙한 엄마를 이해해 줘

엄마가 네 엄마가 된 지도,

이제 겨우 네 나이밖에 되지 않았는 걸

고백

사랑해요

네가 내게 씨앗을 던졌다

답하지 않았다

품고있다 꽃으로 내어주려고

나의 해, 너에게

안녕이란 한 단어로
나의 밤을 그렇게나 울려놓고
너는 또 이리 찬란하게 해가 되어
나의 하루에 떠오르는구나

여름날 가장 긴 해가 된 네가
나는 참 밉다

2부

넌 왜
바라만

봐도
벅찰까

너의 안에서

내 가슴에 묻어두기엔
네가 너무 크다

그래서 나는
내가 네 안에서
살기로 했다

우리는 우리였음 좋겠다

흘러가는 모든 것들에게서 변하지 않은 것은 없다
그중에 꼭 하나는 예외가 있더라

그 예외는 우리였으면 좋겠다
아주 긴 시간 동안, 우리는 우리였음 좋겠다

대화

정적이 흘렀다
눈빛이 흘렀다

충분했다, 우리의 대화는

사랑이 흘렀다

너의 의미

지나치게 소소했다
지나치게 소소해서, 더없이 익숙했다

내 생활에 빈틈없이 네가 자리해서
내 일상은 곧 너였다

번지다

번진다는 것은 무서운 것이다
한 방울의 잉크가 물가에 번졌는데, 강 전체가 물들었고
한 줄기의 빛이 번져 따스함을 일으켜 봄이 되었다

이상한 일이다
너는 분명 하나의 빛도, 잉크도 아니었는데 내게 번짐을 알려주었다
그 뜻을 깨우쳐주었다

이내 네가 내 안 가득 번지고
나는 막을 겨를이 없다

너를 꾸고 싶었다

아주 긴 꿈을 꾸고 싶었다
달이 찬란하고
별빛은 반짝이니

내가 좋아하는 꿈을 꾸고 싶었다
그 꿈에 잠기고 싶었다

너를 꾸고 싶었다

새벽 일기

하얀 종이를 폈다

잠시 생각을 하고 종이를 봤는데

하얗게 너만 가득했다

봄 냄새

좋아해 하고서 꼼질거리던 그 손에
고개를 푹 숙이고 들지 못하던 그 얼굴에
감춰왔던 수줍음이 만개한 그 볼에

봄이 묻어 있었다
봄 냄새가 났다
갓 핀 꽃 냄새가 났다

넌 왜 바라만 봐도 벅찰까

네가 나를 볼 때면 발걸음이 잠시, 멈췄으면 좋겠다
나의 향기를 맡고 눈웃음을 지으며 너 참 예쁘다, 라고 말했으면 좋겠다
꺾어도 좋으니 너의 손에 데려갔음 좋겠다
네 방에 앉아 너의 일상을 보면 좋겠다

참 좋을 것 같다
너의 일상에 꽃이 된다면
한철이라도 좋아
오히려 눈물이 날지도 모르겠다

네가 담겨, 잠겨지길 바랐다

나는 완전하고 싶었다

나의 어줍잖은 감성으론 너를 노래하기 무척이나 어려웠기 때문이다

내 감정의 샘이 더욱 깊어지면,
너를 완전히 담아낼 수 있을 것 같았다

나의 샘에 온전히 네가 담겨, 잠겨지길 바랐다

꽃이었다

어디에, 누구 손에 있건 꽃은 꽃이었다
꺾여도, 말라가도 꽃은 꽃이었다

내가 아니라 누구가 품더라도 꽃이었다

너는
여전히
꽃이었다

봄나들이

봄나들이 가고 싶어
봄나들이, 봄나들이

봄, 나, 둘이

나의 바람

너는 나의 바람이었다

개나리향을 가득 실어서
나를 채운 초봄 바람이었으며

민들레 홀씨들을 담아 흐른 여름의 바람이었다

바람, 너로 시작해 내게 와 흐른 바람은
너를 바라게 했다

나는 너를 바람, 너는 내게 바람

가로등

내가 너를 밝힌다고
네가 나를 알까

이 편지도 줄 거야

너에 대한 내 마음도,

사랑이 깃든 모든 것들을

너에게 다 줄게

[1]주다-건네어 주다
[2]줄다-감소하다

공감과 호감

공간과 호감은 유기적이다
은연중 흐른 타인의 말이 귓가에 박혀 고개를 위, 아래 젓는 것은 공감이요
그에 관한 모든 것들이 공감된다면 그건 호감이다

공감과 호감이 만나 문을 열고 들어오면
사랑의 계절이 도래할 것이다

사랑에 있어서 그 둘은 봄날의 첫 꽃봉오리와 같다

전부 너였다

나는 늘 그랬다
네 앞에서 서면

짐작할 수 없었고
침착할 수 없었다

심장 고동소리 말이다

노을은 짙었으나
사랑이라 확신한 이 감정만큼

진하지는 않았다

책갈피

네가 자주 보는 책 사이에 햇빛 하나 끼워두었다
햇빛 하나, 지나가는 바람 하나, 쉴 그늘 하나
혹시 몰라 멈춘 시계도 하나 넣어두었다

이 시간에
이 바람에
이 햇빛에

네 삶에
내가 한 장 잠시 있었단 것을 알아주길 바라며

책 사이에 사랑 하나 끼워두었다

바람

고작 이 바람이 뭐라고 길을 막냐 말한 적 있었지
그거 아니, 네 살결 스치는 그 고작을 부러워했다
나는 온 세상 천지사방으로 둘러싼 네 숨에 온몸이 할퀴었는데

모래성

네가 내게 한 단어씩 몰아칠 때면
나는 몇 번이나 내 세상의 반을 잃었다

엮고 쌓은 글을 내려놓은 종국에는
네 생이 나를 덮쳤다

돋보기

내게로 오는 행복은 너의 몫이었다
황홀도 네 것이었고
즐거움도 기쁨도 내가 알기 전에
너의 입에 들이밀었다

내게로 오는 한 톨의 빛이라도
여과 없이 너에게로 갔고

몸을 관통하는 뜨거움을 알고도
빛을 모아 네게만 줬다

내 손에는 남은 게 없다

연약한 나의 우주여
너는 이제 어디로 피우겠는가

야맹증

온통 까만 것들이었다
보이지 않는 것들이
지나가는 소리가 들렸다

한줄기의 달빛을 잡고
발걸음을 떼었고
그러다 네 신발 뒤축에 닿았다

돌아서는 눈이 밝았다

너의 눈은 나를 세계로 이끌어주는
단 하나의 광명이었다

유서의 일부

죽을 때까지
너를 노래할 수 있을까
세상이 덜컹인다
네 말을 내 생애 집어넣는다
더 이상의 죽음도 두렵지 않다

죽어서는
너를 못 볼까
그게 두렵다

나 같은

말 한 마디 잘못하지 마라
네 말이 부표가 되어
평생 네 삶을 바다 삼아
헤매는 나 같은 나룻배도 있다

네 눈짓에 허우적거리며
기분을 나락으로 내렸다 올렸다
자맥질하는 나 같은 해녀도 있다

눈 시리게 푸른 바다를 비등점에 닿은 물방울로 알아
그 안에서 뜨겁게 익사하는 사람도 있다

숙명

바다가 파란 것도 네 탓이다
하늘이 맑은 것도 네 탓이다

사물의 존재유무와 근원을 따져가며 보는 버릇 또한 네게서 왔다

너를 보다 세상을 보면
죄다 흑색이라 그렇다

시시각각 변하는 세계를 담는다

마지막 단락에는
다 적혀지지도 않는 사람을

한사코 쓰고자 한다

네게 부치는 편지다

나방

빛을 따라 이곳으로 왔는데
내 발걸음이 거슬렸는지 손사래를 친다

방심한 사이 너의 손길이 완전히 닿으면
나의 날개는 바스러진다
예상치도 못한 가장 완벽한 종말이었다

평생을 찾아 헤매던 빛, 너였다

문득

문득 생각이 나서
내 안의 삶을 들여다보니
온통 너 투성이였다

네가 좋아하는 것들에게 속이 난자당했다

그래, 단언컨대
너를 사랑한다는 것은
내 생을 잃어가는 일이다

비가 오면

비가 오면
신발 뒤축이 빗방울을 차 다리에 튄다

다리를 닦는 수고로움이 생겼다
애써 걸음걸이를 고치진 않았다

너는 모른다
동여맨 나의 마음이 얼마나 휘청이는지
밤사이 내린 비에 숱한 물을 먹어
얼마나 무거운지

젖은 다리와

무거운 마음을 이고 감으로

비를 닮은 너를 가둘 웅덩이를 만든 것을

너는 모른다

민들레 홀씨

그대의 눈빛은 나를 포박해요

그렇게 바라보면

불이 붙어

날아갈 수가 없잖아요

어떤 사랑의 안부

넌 가끔
내 모든 것을 쥔 것 마냥 구는데
그렇다면 한숨도 쉬지 않았으면 좋겠다
그 무거운 숨에
내 생이 흔들린다

존재만으로도

정적이 녹아든 꽃 냄새 앞에서
꽃이 왜 꽃이냐 물으면
대답할 길이 없습니다

떨어지는 벚꽃은
건조한 마음의 대지로 떨어지는
그대의 발자국

존재만으로 설명할 수 없는 것들이 있지요
가령 그대 같은

떨구어내고 가는 것들

이것이 상사병이고
온몸을 지배한 것이
나의 그리움이라면

일평생 앓아도 좋다

모가지 꺾은
동백이 추락해
다시 어미인 땅으로 돌아가듯

이 그리움도 꺾어짐으로
당신에게 돌아가겠지

그대는 왜 이렇게 다채로운지

나는 색맹인데
그대는 왜 이렇게 다채로운지 모르겠네

하얗고 까만 세상에
붉은 꽃이 피었네

겨울을 앓음으로
봄을 한아름 낳았네

그대 손길이 닿는 곳은 온통 오색 빛깔이라네

봄의 노래

너는 늘 봄을 노래해라
나는 너를 노래할 테니

그럼 온 세상이 봄과 꽃이지 않겠느냐
그 세상의 유일한 나비가 되고 싶다

느낌표

당신은 마침표였나, 쉼표였나
나의 혹한기를 짓이겨 맺어주는 마침이었나
잠시 밀려 저 멀리 서성이는 봄을 앞세워 이어주는 쉼이었나

아, 아니다
당신은 느낌표구나

우리 마주한 이래로
세상이 놀랍구나

너의 초상화

나 좀 그려줘

네가 말했다

나는 주섬주섬

종이에 꽃을 한 송이 피웠다

유토피아

당신을 만난 이래로
내 일상이 자연스레 그대로 흘러서
매일같이 공황상태가 되었다가
이따금 느껴지는 당신의 존재에 얼굴을 부빈다

당신을 만나 일상은 낙원이 되었다

해질녘

해질녘이라는 말이 좋습니다
당신과 나 빼고는
모든 것들이 저편으로 돌아가는 시간 같습니다

단둘이 오롯이 남겨져
피어오르는 어스름 사이에서도
사랑한다 말할 수 있을 것 같습니다

나를 앞서간 그대

혹시 우리 사랑한 그 순간을
마주치게 된다면
그때의 나에게 행복하냐 물어봐주시겠습니까

그러면 나는 그 대답으로 그대에게 입 맞추겠습니다

우리 닿았던 그 오후 네 시의 햇살처럼

그 찰나처럼
그대의 입술에 내려앉겠습니다

그 애

너는 무책임해서 모른다
낭창하게 올라간 입꼬리와
뽈록 솟은 광대뼈가
얼마나 사랑스러운지 모른다
너의 무책임함에 내가 얼마나 애닳는지 모른다

그래도 나는
네가 계속 무책임했으면 좋겠다

폭죽놀이

너와 대화는 폭죽놀이였다

눈앞에서 환상이 펑펑 튄다

결심

너를 사랑한 이후로 결심한 것이 딱 하나 있다
결단코 어느 하루도 시리게 하지 않겠다

우리의 겨울은 따뜻할 것이다

3부

그립다고
해서
외롭지
않았음을

감정의 비틀림

우거진 녹음 사잇길에서 맨발로 걸었다.
땅의 온도가 내 온몸을 타고 흐를 때쯤
이마에 송골거리는 땀을 닦았다

그때, 밀려오는 여름 바람이 나를 식혔고
바람과 함께 네 생각이 밀려왔다

나뭇잎이 서로 부대끼는 소리가
내게 곧
네 목소리처럼 들려왔고
잔잔하게 울려 퍼지는 그 길목에서
나는 울음 터뜨렸다

내가 너를 너무나도 많이 좋아한 탓이었다
네게로 향하는 이 길에서 중앙선은 없었다

감정들이 비틀거렸다

붙박이별

우리의 머리위로 꼬리별들이 우수수 쏟아졌다
산 아래 반딧불이들은 열기 가득한 너의 볼 언저리에 돌아다녔고
식히고자 담근 시냇물들은 한기도 없이 그저 좋게 우리의 발을 감쌌다
아름다웠다. 이 모든 것들이

아이다움과 완연한 웃음이 가득한 이곳에서
내 곁에 머문 붙박이별이 참 좋았다
밤공기 묻은 별의 입술에, 입 맞추고 싶었다

그립다고 해서
외롭지 않았음을

나는 너를 잃었다

너를 잃은 것이, 나는 두렵지가 않았다

잃었다고 해서, 잊혀질 사람은 아니었기에

그림자

머무른 사랑은 잠깐인데,
그리움은 길었다
사랑의 여파는 내게 있어서 너무나도 컸다

사랑과 그리움은,
형체와 그림자였다
나는 지금 너의 그림자에 살고 있었다

그리움에서, 우리의 추억을 먹으며 살고 있었다

여전히 날이 좋다

봄은 잠시인데
그 봄이 전부인 양 사는 꽃들이 있다

그대는 잠시인데
그대가 전부인 양 살아버린 나도 있었다

고결한 나의 봄,
그대를 보내기엔
여전히 날이 좋다

마냥 걸었다

발에 흙이 잔뜩 묻었다
톡톡 털어내고, 가던 길을 갔다

다시 흙이 묻었다
네 생각이 났다
털어낼 수 없었다

마냥 걸었다

이상형

손톱에 반쯤 달이 떠 있는 사람을 좋아했다
웃을 때 접히는 눈에 동질감을 느꼈고
뾰록 올라오는 광대가 시선을 끌었다

나는 애초부터 이상형이 없었다
너를 내 사랑이라 정해놓고 이상형이라
너를 내 운명이라 믿었던 것이었다

바다의 존재

소년에겐 바다가 전부였다. 그에겐 바다가 그의 앞마당이었으며, 놀이터이자 일상의 전부였다. 부러웠다, 그의 세상을 빈틈없이 차지한 그것이

가끔 소년은 자신을 품은 바다에 완전히 융화된 것 같았다. 조화로웠다, 소년의 눈망울과 그 해사한 미소가. 백사장에 주저앉아, 아주 가끔 새벽녘 햇살 같은 미소를 짓는 소년에게 나는 묻고 싶었다. 행복하냐고

너를 웃게끔 하는 것이 내가 되기를, 너의 바다가 되고 싶다고, 행복했으면 좋겠다고
그렇게 말하고 싶었다

어린이보호구역
어린이보호

태생이 가을이라
조금 더 눈이 시릴 뿐

어느 날 엄마에게 말을 했다

내가 가을에 태어나 다행이지 않느냐고
더운 날 추운 날 사이에 찾아와
그나마 덜 힘들게 해주지 않았냐고

나지막이 앉아 있는 나를 바라보던 엄마는 내게 이리 말했다

그것 참 다행이다
가을처럼 찾아와 조금 더 다채롭고, 색이 많아 눈돌리는 곳마다 내겐 풍경이었다고

그렇지만, 네가 어느 계절에 왔건 내 눈에는 참 어여쁜 아이였을 거라고
너는 나의 여전한 봄, 여름, 가을, 겨울일 거라고

그 말들이 왜 그렇게 울렸는지, 벅차오르는 가슴을 쥐고
나는 가을이 얼른 오기를 바랐다

나의 계절이 오고, 세상과 처음 인사한 날이 오면 엄마를 먼저 축하해줘야겠다고 다짐했다

따뜻한 곳에서 참 어려웠을 나를 일 년간 품어주어서
선택하여 나의 엄마가 된 것이 아님에도 나를 여직 사랑해주어서 진심으로 감사하다고

이 빛나는 가을날,
스물한 번째 해를 맞이한 엄마라는 이름의 생일을 참 축하한다고

담벼락

자취를 남긴다는 것은
시간의 발을 묶어
꽁꽁 가두는 것이었다

깨우친 지는 얼마 되지 않았다
인지하고부턴
시를 쓰기 시작했다

내 자서전에
그 시간의 너를
꽁꽁 가두기 위해

나를 찌른 고독에게

나를 찌른 고독에게

칼 손잡이를 주었다
자, 잡아
내가 다 아플게

울지 마, 나의 고독

아침 인사

솔잎이 부대끼는 소리
비닐이 부닥쳐 미끄러지는 소리
나뭇가지로 새는 바람 소리

나에게 이 모든 것들은
너를 향한 울부짖음이다

꿈의 대화

꿈을 꿨다
하얗고 아무것도 없는 공간

네가 저벅저벅 걸었다
빛으로 향하고 있었다
유일한 탈출구
평생에 말 한 마디 나눠보지 못한 것이 아쉬워
잘 가라고 소리 질렀다

돌아서 네가 손을 흔들었다
환하게 웃으며

후련했다

너의 찬란함을 알리러 가는 길
나는 여전히 네 그림자

그 공간에 나 홀로 남았다는 것을 깨달은 건
아주 긴 시간이 흐른 뒤 이별할 때쯤

해답

삶에 여러 개의 범주는 많았으나
살아온 인생의 반은
너라는 범위에서 헤어 나오지 못했다

아, 풀어도
풀리지 않던
일생의 해답이여

꿈의 조난

한 번이라도
보고 싶다는 간절한 바람을
동아줄 잡듯 잡고 잠이 들면

저 먼 길 끝에서
네 발자국이 보였다

길섶에 핀 네 자욱을 따라가다 보면
네가 나왔다

다 허상이라고
지나가는 공기마저 알려줬지만
네 손을 잡고 길을 잃고 싶었다

이 꿈에서 나가기 싫었다

잠에 기대어

황량한 하늘을 이불 삼아 누웠으니 어쩌면 이 근본 없는 외로움도 당연한 걸지도 모르겠다. 달에 머릴 대고 누우면 얼굴에서 빛이 나려나 모르겠다. 달이 된다면 달빛이라는 이유로 네 방에 몰래 들어가 볼에 입 맞추고 나올지도 모르겠다

짝사랑 꽃게

나는 너의 곁으로 가고 싶어 옆으로 걸었다
네가 눈치 채지 못하게끔 조금씩 걸었다
그러다 네 눈물에
다시 저만치 밀려났다가도
살 수 있는 곳은 저기가 전부라고
목만 내밀며 걸었다

그게 참 내 일생이었고
언제 짓밟힐지 모르는 운명이었다

당신의 한마디

나는
여전히 당신의 한마디를 잡고 있습니다

사근사근 노래하는 이 꿈결도
뒤척이는 시간 없이
오랜만에 찾아온 이 선잠도

황홀해
작게 노래하며 움직였으나

꿈에서 속삭이는 그 한마디에 눈을 떴습니다
벗어났으나 다시 꿈결을 유영하듯
삶의 번외로 펼쳐지는 것

퍽 찬란한 이름이었습니다

첫사랑

그대지요

초상

열어져가는 사람을
짙게 그리려니
하얀 바람만 남아
펜을 들다가 말았습니다

이 그림이 길어지면
그리움이 될 것을
저 스스로 알았기 때문이지요

스치는 바람마저
당신을 닮은 것을 보면
나는 벌써
그리움의 여정에 서 있나 봅니다

창문

마음이 추우니
방 창문에 서리가 낀다

서리가 끼여
가는 뒷모습이 희미해진다

나는 그 뒷모습마저 아쉬워
창틈에 추억을 호호 불어넣었다

열병

불덩어리를 안고 살았다

원인도 모를 병에 앓아눕고
무너지는 천둥에
가슴으로 비가 내리지만

그래도 그대가 없기에
내 마음을 내 마음이라 단정할 수 없다

손톱

손톱을 짧게 잘라내었다
흉하게 굳어진 살도 같이 끊어내었다

찬바람에 에는 살을 숨기기 바빴다

굳어질 때까지
아파야 한다

너를 떠올리는 이 새벽같이

당신이 빛이라면

당신이 빛이라면
나는 암막이고 싶었습니다

따사로워 눈이 멀지언정
오롯이 당신을 받아내고

이끼 핀 어두운 방에서 먼지만 안고 잔다한들
그래도 당신이라는 빛이 닿는 곳은 나 하나였으면 했습니다

마음은 울린다

소리를 질러도 돌아보지 않던 사람이
마지막이다 하고 내지른 소리에 돌아본
극적인 광경을 본 적 있다

그때부터였다

간절히 바라면 이루어진다는 말을 믿은 것이
아직도 목이 쉬어라 당신 이름을 부르기 시작한 것이

소리는 퍼지지 못해도
마음은 울린다는 말을
아침 인사처럼 하기 시작한 것이

내 꿈에는
없는 것이 좋겠다

가만히 생각해보니 당신은 내 꿈에 없는 것이 좋겠다
빈자리 느끼며 일어날 나의 아침이 시릴 테니
당신이 허상이었다는 것을 인정하기 싫으니
나의 별이 아니어도 좋으니
내 꿈에는 없는 것이 좋겠다

커피 한 잔

식어버린 커피를 다시 데워달라고 했다
그 온기가 종이컵 밖으로 머리를 비집고 나오는데도 불구하고
한 번만 더, 데워달라고 했다

입을 대고 넘기면 목이 탈 정도로
열기가 더해졌다

자리에 앉아 손을 가져다댔다
마시진 못할 것이다

잠시나마 온기가 필요했다

그대가 없으니

이렇게나 나약하고 춥다

그제야

어딘가에 푹 빠졌다가 나오면
오히려 바깥세상이 달라 보인다

보다 다채롭거나
보다 식어 있거나

그런데 왜
사랑 한 번
네게 한 번
발 담궜다 나왔을 뿐인데
세상이 이토록 시린지 모르겠다

가을이 가고

내리는 눈에

그제야
나는 너를 사랑했었음을 알아챘다

조용한 질투

카카오톡은 잔인하다
숫자 하나에
모든 시선을 앗아갔다

식어가는 커피 한 잔은
그의 시선을 받는 그것을
질투하는 나의 열렬한 힘 때문에
다시 끓어오른다

잔인한 것
숫자 하나에 진 나의 사랑이 안타깝다

난제

당길 땐 그저 쉬운데
놓을 때는 엄청나게 어렵다

사랑, 그 못된 것은
결심하고 놓아줘도
나를 할퀴고 지나간다

고무줄처럼

너의 무게

지난겨울 내내 너는 함박눈처럼 무겁게도 내렸다. 이미 다 지난 일이지만 그렇게 생각하기로 했다. 네가 너무도 무겁게 내려앉아 내가 무게를 견디지 못하고 꺾인 것이라고, 있었던 곳이 비워지니 그곳만 깨끗해서 시선이 가는 것이라고. 오래된 수식을 푼 것처럼 속이 시원했다. 한 켠에 덩그러이 앉아 술을 마셨다. 다 토해내고 나니 글을 쓰기도 수월했다. 아직 난 너를 안을 때의 공기 부피를 기억한다. 내 마음에서 가장 깨끗한 자리를 보면서 네 생각을 할지도 모른다. 찬바람은 갈 길이 바빴고, 바야흐로 겨울이다

바람이 된다면 여름에 나를 바라지 않을까

예전히 사랑은 사랑인데

당신이 없는 우리가 있다

넌 왜 바라만 봐도 벅찰까

우리는 우리였음 좋겠다

내 일상은 곧 너였다

너를 꾸고 싶었다

MEXICAN STREET
KATSU HOUSE

하얗게 너만 가득했다

너의 일상에 꽃이 된다면

네 생이 나를 덮쳤다

연약한 나의 우주여

평생을 찾아 헤매던 빛

당신을 만나 일상은 낙원이 되었다

잃었다고, 잊혀질 사람은 아니었기에

여전히 날이 좋다

고결한 나의 봄

울지마, 나의 고독

너는 내게 있어 참으로 어여쁜 존재다

피어나는 과정이 아름답구나

나는 너의 날들이 영원토록 따스하길 바란다

너는 나의 사제였을까

당신은 내가 꿈꾼 나라였다

남겨진 사람이 조금 더 아프다는 것

말꼬리에 달린 별을 좇았다

내가 멎어도, 너는 여운에 웃기를

별, 잊고, 싶었다